Somos todos culpados

Pequeno livro de frases e pensamentos de Darcy Ribeiro

Também publicados pela Editora Record

Sem perder a ternura – Pequeno livro de pensamentos de Che Guevara
Quando tínhamos verbos – Frases, citações e pensamentos de Eça de Queirós
A esfinge e seus segredos – Máximas e citações de Oscar Wilde
As armas da crítica e a crítica das armas – Frases, citações e pensamentos de Karl Marx

Somos todos culpados

Pequeno livro de frases e pensamentos de Darcy Ribeiro

SELEÇÃO E ORGANIZAÇÃO DE

Eric Nepomuceno

EDITORA RECORD
RIO DE JANEIRO • SÃO PAULO

2001

CIP-Brasil. Catalogação-na-fonte
Sindicato Nacional dos Editores de Livros, RJ.

R368s Ribeiro, Darcy, 1922-1997
Somos todos culpados: pequeno livro de frases e pensamentos de Darcy Ribeiro / seleção e organização de Eric Nepomuceno. – Rio de Janeiro: Record, 2001.
252p.

ISBN 85-01-06010-0

1. Brasil – Vida intelectual – Citações, máximas etc. 2. Educação Citações, máximas etc. 3. Brasil Civilização Citações, máximas etc. 4. América Latina – Civilização – Citações, máximas etc. I. Nepomuceno, Eric, 1948- . II. Título.

01-0151
CDD – 869.98
CDU – 869.0(81)-8

Copyright © 2000 by Eric Nepomuceno e Fundação Darcy Ribeiro/FUNDAR

Ilustrações: Marcello Gaú

Direitos exclusivos desta edição reservados pela
DISTRIBUIDORA RECORD DE SERVIÇOS DE IMPRENSA S.A.
Rua Argentina 171 – Rio de Janeiro, RJ – 20921-380 – Tel.: 585-2000

Impresso no Brasil

ISBN 85-01-06010-0

PEDIDOS PELO REEMBOLSO POSTAL
Caixa Postal 23.052
Rio de Janeiro, RJ – 20922-970

EDITORA AFILIADA

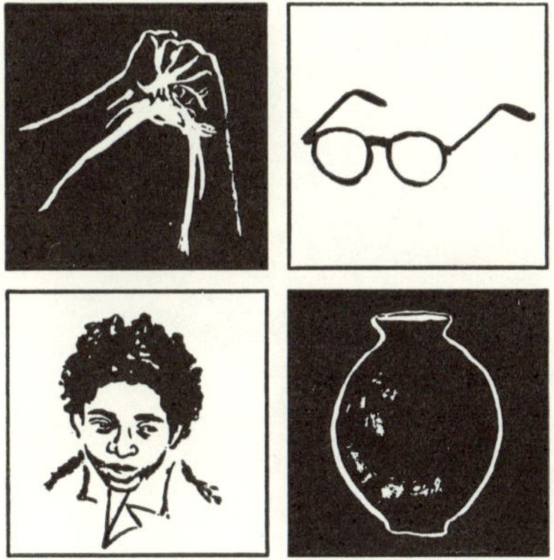

SUMÁRIO

APRESENTAÇÃO 9

BIBLIOGRAFIA 21

VIDA 24

EU 34

ÉTICA & IDEOLOGIA 72

ÍNDIOS 104

EDUCAÇÃO	122
ARTE E BRASIL	136
INTELECTUAIS	146
AMÉRICA LATINA	162
O BRASIL	182

APRESENTAÇÃO
Eric Nepomuceno

Em seus quase 75 anos de vida, Darcy Ribeiro fez de tudo um pouco. Morreu como senador da República, depois de ter sido ministro da Educação, ministro-chefe da Casa Civil, vice-governador do Rio de Janeiro, secretário de Cultura do Rio de Janeiro, secretário de Desenvolvimento Social de Minas Gerais. Escreveu romances, ensaios antropológicos, ensaios sobre educação e análises críticas da história do Brasil e da América Latina. Só de artigos, palestras, conferências e ensaios que nunca foram reunidos em livros, Darcy escreveu perto de uma centena. Foi indigenista, antropólogo, agitador, conspirador, mas gostava de ser chamado de educador – coisa, aliás, que também era.

Os principais livros de Darcy Ribeiro foram publicados em 15 países. *O processo civilizatório*, *As américas e a civilização*, *Os índios e a civilização* e, principalmente, *O dilema da América Latina* fizeram dele, ao lado de Celso Furtado, o intelectual brasileiro mais respeitado e influente na América Latina da segunda metade do século XX. Os dois, acima de qualquer outro nome, formaram gerações de intelectuais e acadêmicos do continente.

Os romances de Darcy Ribeiro também tiveram grande repercussão, principalmente *Maíra*, publicado em 12 países. Na Alemanha e na Itália, por exemplo, este acabou transformado em objeto de mais de dez teses universitárias. No Brasil, foram mais de 15 edições.

Darcy Ribeiro foi um intelectual peculiar. Jamais se recolheu aos claustros da universidade ou da burocracia oficial para de lá ficar olhando a vida ao longe, a realidade transformada em estatísticas, a vida vivida como objeto de análise. Pôs, desde sempre, a mão na massa. Mergulhou fundo, participou de todas as maneiras que pôde da vida política do país, e quando foi impedido de continuar participando aqui, engajou-se nos países por onde passou o exílio. Jamais foi homem de ficar na superfície. Acreditava no poder de transformação da realidade. Acreditava na imaginação. Dizia sempre que jamais se resignaria a aceitar as coisas do jeito que elas são, ou do jeito em que foram transformadas para que se perpetuassem a injustiça e a desigualdade.

Seu compromisso básico chamava-se Brasil. Quis mudar a educação, criando escolas para todos; quis salvar os índios; quis mudar a estrutura social que beneficia alguns à custa de todos os outros. Perdeu.

Num de seus textos mais contundentes, lido quando recebeu o título de doutor *honoris causa* na Sorbonne, em 1978, em Paris (foi o primeiro brasileiro a ter esse título, e na época não gozava das glórias de nenhum cargo público: estava exilado), Darcy fala dessas perdas todas, dessas derrotas:

"Fracassei como antropólogo no propósito mais generoso que

me propus: salvar os índios do Brasil. Sim, simplesmente salvá-los. Foi o que quis. Isso é o que tento há trinta anos. Sem êxito", disse ele.

E disse: "Fracassei também na realização de minha principal meta como ministro da Educação: a de pôr em marcha um programa educacional que permitisse escolarizar todas as crianças brasileiras. Elas não foram escolarizadas."

E mais: "Fracassei, por igual, nos dois objetivos maiores que me propus como político e como homem de governo: o de realizar a reforma agrária e de pôr sob controle do Estado o capital estrangeiro de caráter mais aventureiro e voraz."

Darcy terminou dizendo que "esses fracassos da minha vida inteira" eram também "os únicos orgulhos que tenho". Anos mais tarde, um dos intelectuais latino-americanos que ele mais influenciou, o escritor uruguaio Eduardo Galeano, escreveu: "Estes são os seus fracassos. Estas são as suas dignidades."

E aí está uma das definições mais exatas para Darcy Ribeiro: dignidade. Foi o que ele mais esbanjou, foi o que o manteve de pé até o fim.

Pensador irrequieto, homem que passou a vida correndo contra o tempo, é impossível resumir num pequeno livro como este todo seu pensamento. Procurei, depois de ler pilhas de seus escritos, além de várias entrevistas que ele deu ao longo dos últimos vinte anos e de anotações que fiz de várias de nossas conversas, selecionar algumas frases que servem para mostrar um pouco do muito que ele foi.

Uma tentativa, enfim, de colocar Darcy Ribeiro falando dele, da vida, do Brasil, dos índios, da educação, da América Latina. Evitei as menções a pessoas, vivas ou mortas. As exceções são Cândido Rondon e Anísio Teixeira, fundamentais na sua formação.

A intenção deste pequeno livro é, primeiro, despertar o leitor, fazer com que ele corra atrás dos textos de um dos mais luminosos e comprometidos intelectuais da América Latina de nossos tempos; e também a tentativa de, reunindo essas frases, preencher um pouco, quase nada, do enorme vazio que deixou neste país, no qual ele, apesar de tudo, acreditou até o fim.

E.N.
Rio de Janeiro, abril de 2000.

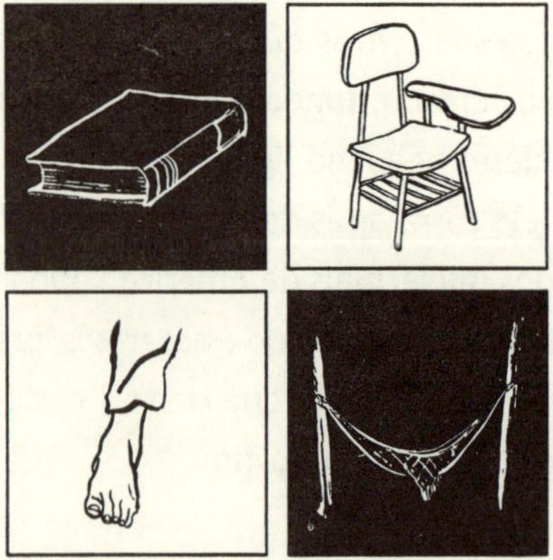

Darcy Ribeiro nasceu em Montes Claros, Minas Gerais, em outubro de 1922, e morreu em Brasília, em fevereiro de 1997.

Estudou na Escola de Sociologia e Política de São Paulo, onde se graduou com especialização em etnologia. Viveu entre os índios da Amazônia entre 1946 e 1954. Fundou o Museu do Índio e foi autor do projeto de implantação do Parque Indígena do Xingu.

A partir de 1958, e ao lado do grande mestre Anísio Teixeira, tornou-se um batalhador incansável pelo estabelecimento de uma política pública que permitisse o surgimento de uma escola pública de alto nível, que acabasse com o analfabetismo no país.

Foi o criador e o primeiro reitor de Universidade de Brasília e ministro da Educação e da Casa Civil no governo de João Goulart. Era o coordenador do Plano de Reformas Estruturais — cujo principal eixo era a reforma agrária — quando houve o golpe militar de 1964. Exilado, morou em diversos países da América Latina. Assessorou o presidente Salvador Allende no Chile, e o presidente Juan Velasco Alvarado no Peru. Participou ainda de projetos de reforma universitária no Uruguai, na Costa Rica, no México, na Venezuela e na Argélia.

Retornou ao Brasil em 1976, dedicando-se novamente à política nacional. Foi eleito vice-governador do Rio de Janeiro em 1982, na chapa de Leonel Brizola. Secretário de Cultura e coordenador do Programa Especial de Educação, criou os CIEPs, a Biblioteca

Pública Estadual, a Casa França-Brasil, a Casa de Cultura Laura Alvim e o Sambódromo.

Em 1991, no segundo período de Brizola como governador do Rio, Darcy Ribeiro criou a Universidade Estadual do Norte Fluminense, em Campos. Naquele mesmo ano assumiu seu mandato de senador da República, exibindo um formidável terno de linho branco e uma garra inusitada na defesa da Lei de Diretrizes e Bases para a educação.

Em 1992 foi eleito para a Academia Brasileira de Letras.

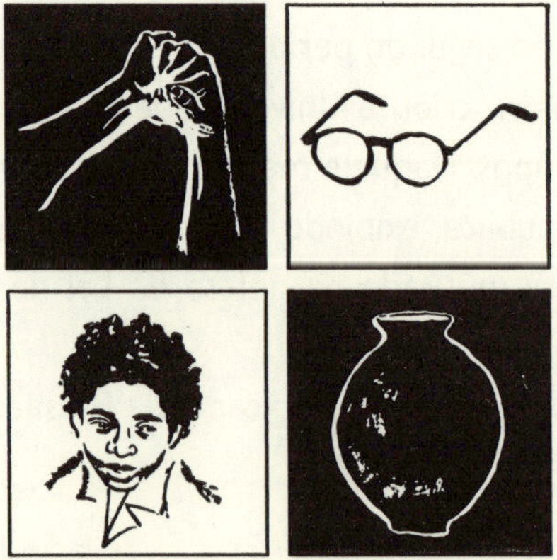

BIBLIOGRAFIA BÁSICA DE DARCY RIBEIRO

ROMANCES
Maíra, Editora Record
O Mulo, Editora Record
Utopia selvagem, Editora Record
Migo, Editora Guanabara

MEMÓRIAS
Confissões, Companhia das Letras

ANTROPOLOGIA E POLÍTICA

Ensaios insólitos, L&PM
O povo brasileiro, Companhia das Letras
Diários índios, Companhia das Letras
O dilema da América Latina, Editora Vozes
As Américas e a civilização, Companhia das Letras
O processo civilizatório, Companhia das Letras

EDUCAÇÃO

Nossa escola é uma calamidade, Editora Salamandra

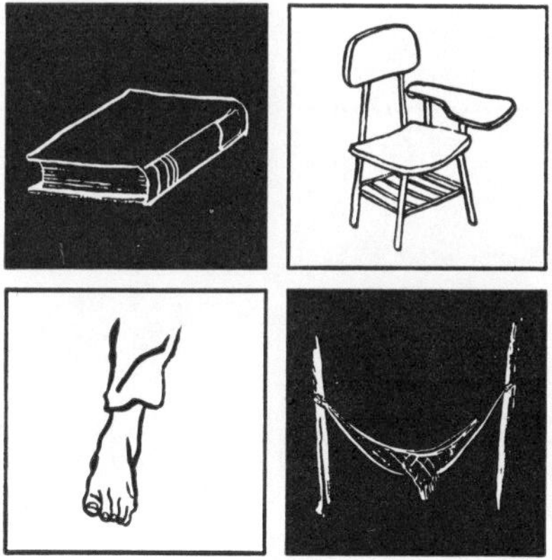

VIDA

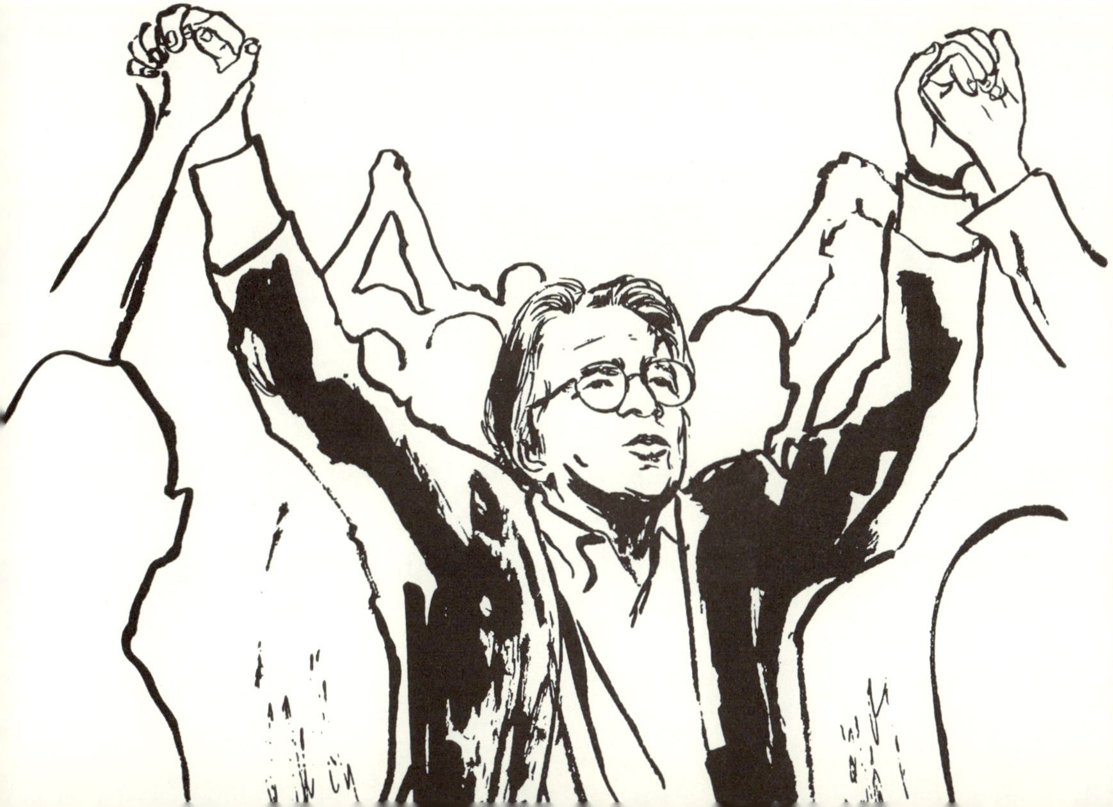

O mundo é um projeto que os homens poderiam fazer.
A essência da natureza humana é que ela é utópica.

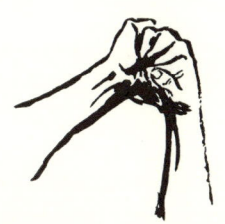

Nenhum homem poderia ser reduzido a outro, bem sabemos — e aqui reside a singularidade que cada um de nós pode reivindicar —, mas cada um poderia haver sido muitos outros.

Viver é ir deixando troços, pedaços de alguém pelo mundo. Unhas que se cortam, cabelos que se aparam, palavras, sobretudo palavras. Palavras que têm uma vida muito breve, um fulgor entre uma boca e um ouvido, às vezes muito emocionadas, mas que depois de ditas desaparecem para sempre.

A grande coisa que há na vida são o nascimento e a morte.

EU

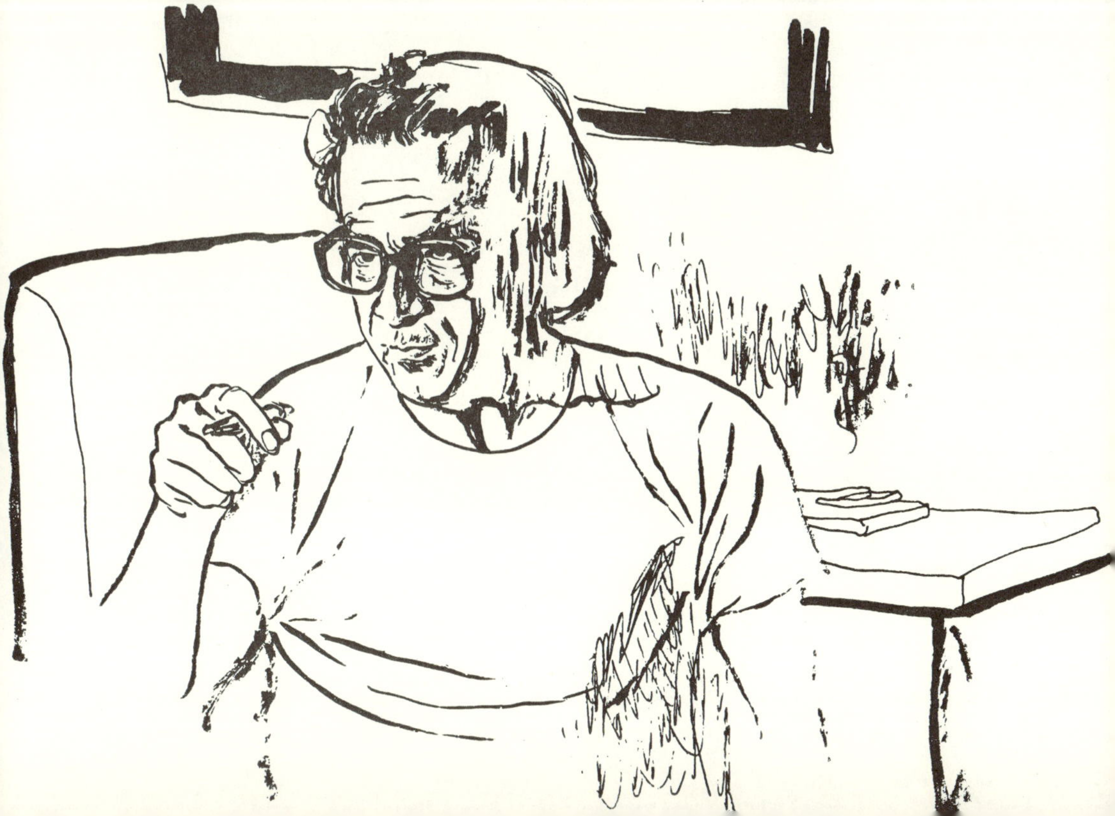

Eu não nasci: fui fundado.

Na verdade, sou um homem feito muito mais de dúvidas que de certezas, e estou sempre predisposto a ouvir argumentos e a mudar de opinião. Tenho mudado muitas vezes na vida. Felizmente.

Sou um escritor tão abundante quanto desinibido. Escrever ou falar de mim mesmo é a tarefa que mais me agrada e gratifica. Todo entrevistador de rádio, jornal ou televisão sabe que nem é preciso me fazer pergunta: basta ligar o gravador e me deixar falar, que falo. Incansavelmente. Para mim, pelo menos.

Esta vida me deu muitas alegrias, graças. Aliás, fui feito para as alegrias. Minhas carnes não têm nenhum pendor para as penitências, os sofrimentos e os martírios. Querem gozo. Eu mesmo não tenho talento para sofrer.

Comi a vida sôfrego. Ainda como, ávido, sem nenhum fastio ou tédio. Quero é mais. Para isso fui feito. Para comer a vida. Para agir, para pensar, para escrever. Isso sou eu. Máquina de pensar, de fazer, faminto de fazimentos. Cheio de fé nos homens, nas gentes.

Sei apenas que a vida vale a pena se não dói muito e se não se exigem sacrifícios demais da vida dos outros. A morte é que não é desejável em nenhuma circunstância. Senão talvez a de última porta de escape da dor insuportável ou da incapacidade física que recai na total dependência com respeito aos outros. Ainda assim, a morte continua sendo a mera negação da vida, o vazio que não merece por si mesmo nenhuma consideração.

Gosto muito de ser senador. Quem não? Dizem até que é melhor que o céu, porque não se precisa morrer para ir para lá.

Não vivo no ar, suspenso feito passarinho. Também não vivo assentado na terra como um rinoceronte. Nem boiando n'água como um peixe. Vivo, sei que vivo, é no universo infinito que pra lá de mim, pra cá de mim, ao meu redor, sempre existiu e existirá. Igual a si mesmo.

Não me arrependo de nada que fiz. Arrependo-me, isto sim, de alguns malfeitos que não fiz.

Eu, de fato, pequei uns pecadinhos. Deus tinha o direito de cobrar alguma coisinha, mas Deus é meu compadre, sempre me protegeu. Não vai acontecer nada comigo.

Fracassei em tudo que tentei na vida. Tentei salvar os índios, não consegui. Tentei alfabetizar as crianças, não consegui. Tentei fazer uma universidade séria, não consegui. Mas meus fracassos são minhas vitórias. Detestaria estar no lugar de quem me venceu.

Dotado da liberdade de ser qualquer coisa, de papa a motorneiro, este foi o capital com que vim ao mundo. Condenado a sê-lo carnalmente da única forma genuína: vivendo, crescendo, mudando. E permanecendo eu mesmo, ao longo de todas as mudanças. Recém-nascido estava eu ali pronto para exercer-me em mil papéis.

Envelheci mais nesses últimos dois meses que nas últimas duas décadas. De fato, envelheci de repente, ao constatar em espanto que o importante da vida, da minha vida, é o ido e vivido e não o que está por vir. O velho e amplo leque dos possíveis modos de mim, que vinha se estreitando desde o princípio, agora quase fechou. Sou o que os anos fizeram de mim, em mim e nos olhos dos outros.

Termino esta minha vida exausto de viver, mas querendo mais vida, mais amor, mais saber, mais travessuras. A você que fica aí, inútil, vivendo vida insossa, só digo: "Coragem! Mais vale errar, se arrebentando, do que poupar-se para nada. O único clamor da vida é por mais vida bem vivida. Essa é, aqui e agora, a nossa parte. Depois, seremos matéria cósmica, sem memória de virtudes ou de gozos. Apagados, minerais. Para sempre mortos."

Eu não tenho medo da morte. A morte é apagar-se, como apagar a luz. Presente, passado e futuro? Tolice. Não existem. A vida é uma ponte interminável. Vai-se construindo e destruindo. O que vai ficando para trás com o passado é a morte. O que está vivo vai adiante.

A única forma de se saber com segurança como será nosso futuro dentro de trinta anos é sobreviver para ver. Eu felizmente não terei que fazê-lo. Morrerei daqui a dez anos, em 1983.

Nós, na América Latina, só podemos ser indignados ou resignados. E eu não vou me resignar nunca.

De onde tiro gás para minha indignação?
Dessa realidade podre, de merda.

ÉTICA & IDEOLOGIA

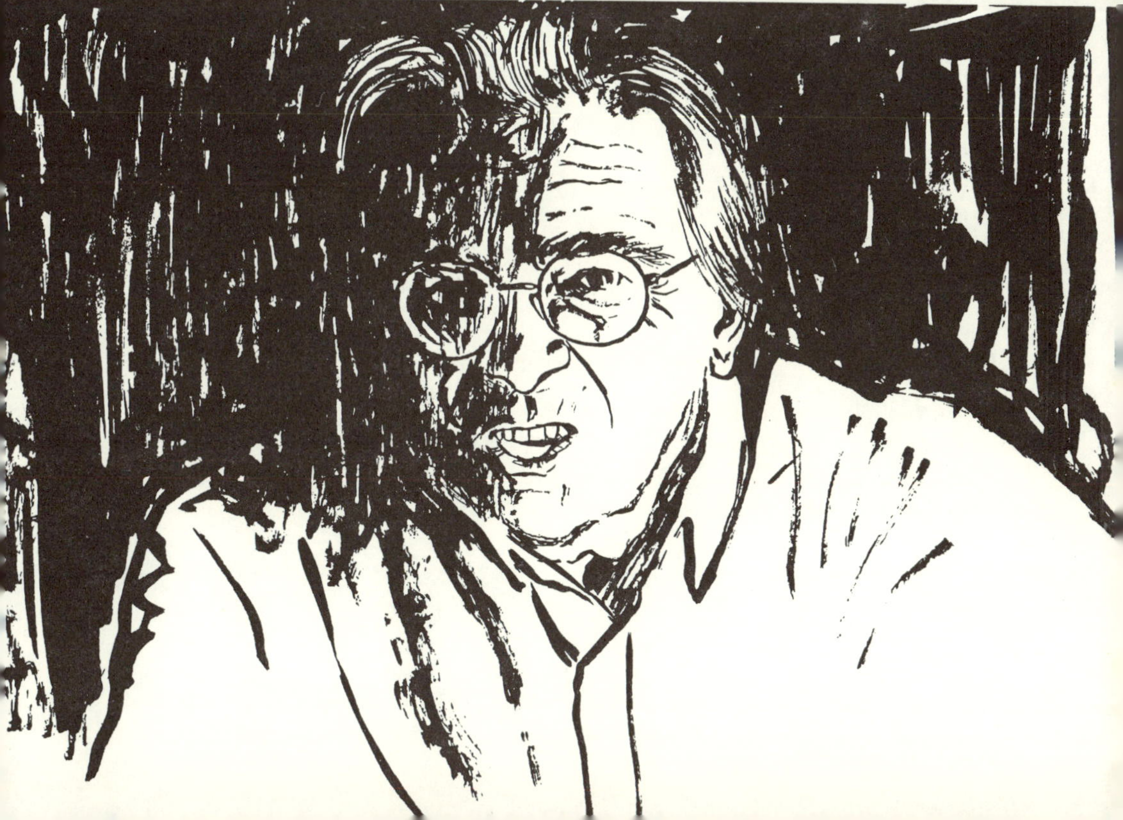

Sou de esquerda e acho que ela é a salvação do mundo. Fora da esquerda só há a indiferença, que é imbecil demais, ou a direita, que é sagaz demais.

Aprendi com os comunistas a ser responsável pelo destino humano. Tudo que ocorre a um povo de qualquer parte me interessa supremamente, obrigando-me a apoiar ou opor-me, impávido. Esta postura ética que presidiu toda a minha vida, conduzindo-me na ação política, em todas as instâncias dela, é um de meus bens mais preciosos. Dói-me hoje ver que a juventude de agora não tem nada assim para fazer suas cabeças e ganhá-los para si mesmos e para seu país.

A única alternativa que se oferece a uma postura ética é a indiferença, que chega a ser criminosa num país de diferenças sociais gritantes como o nosso.

Meu princípio ético de antropólogo é o seguinte: o médico não pode ser fiel à tuberculose, tem de ser fiel ao tuberculoso.

Não é a esquerda latino-americana que está desalentada, desanimada: é a esquerda mundial que está acovardada.

Certa esquerda, a esquerdinha, em sua eterna ingenuidade, só admite uma revolução pronta e perfeita como nunca sucedeu em parte alguma, dizem eles próprios. Enquanto não se alcança essa tola utopia, opõem-se com horror a todo reformismo, preferindo entregar-se à direita como exóticos mas fiéis serviçais da ordem.

O socialismo comunista fracassou, mas não o pensamento socialista, que existe. O socialismo é uma postura de quem quer melhorar a vida, de quem está comprometido em mudar o mundo e não em manter o mundo do jeito que é.

Eu acredito que o que caracteriza a nossa geração, a geração que começou a atuar depois de 1945, é esta consciência mais lúcida e mais clara de que o nosso mundo tinha de ser desfeito para ser refeito, porque do jeito que está só serve às camadas privilegiadas. Os ricos dos nossos países desfrutam muito mais de sua riqueza que os ricos dos países ricos. Para eles, este projeto sempre foi muito bom, muito gratificante. Para o povo, não.

Perder o poder depois de ter posto a mão nele é o maior dos pecados, mas gosto muito mais de ter sido derrotado pelos que me derrotaram do que de ter vencido com eles para manter o Brasil tal qual é.

A quantidade de gente na América Latina que era de esquerda, que era pró-Cuba, e que hoje só busca e encontra formas de escapismo, é de espantar.

Pensadores submissos à classe dominante afirmam que é preciso primeiro acumular para depois distribuir. É como dizer ao povo que ele comerá amanhã o que não comeu hoje. Não é verdade. Você não comerá jamais o que não comeu hoje ou ontem.

Minha qualidade maior é ter sempre resistido a isso (a mentira, a corrupção e o roubo), pagando o preço correspondente, que é ser derrubado do poder. Não por defeitos do governo que exercia (o de Jango Goulart), mas, ao contrário, em razão das suas qualidades.

Ninguém pode entrar em negociatas e depois voltar atrás. Quem é subornado o é de uma vez por todas, para a vida inteira.

A direita tem em suas mãos e controla estreitamente toda a mídia. Através dela, faz a cabeça de quase toda a classe média influente, convencida, pelo bombardeio diário dos jornais, das rádios e das televisões, de que o mundo inteiro se está globalizando alegremente, e em benefício dos pobres. De que, se os ricos enriquecerem muito mais, distribuirão suas riquezas com os pobres. De que a privatização é o caminho do progresso, mesmo quando se faz pela doação de bens públicos. (...) A pregação uníssona desse discurso torna-o cada vez mais verossímil, levando muita gente a embarcar nas canoas do neoliberalismo, da globalização e da privatização.

Somos inocentes? Quem, letrado, não tem culpa neste país de analfabetos? Quem, rico, está isento de responsabilidade neste país de miséria? Quem, saciado e farto, é inocente neste nosso país da fome? Somos todos culpados.

ÍNDIOS

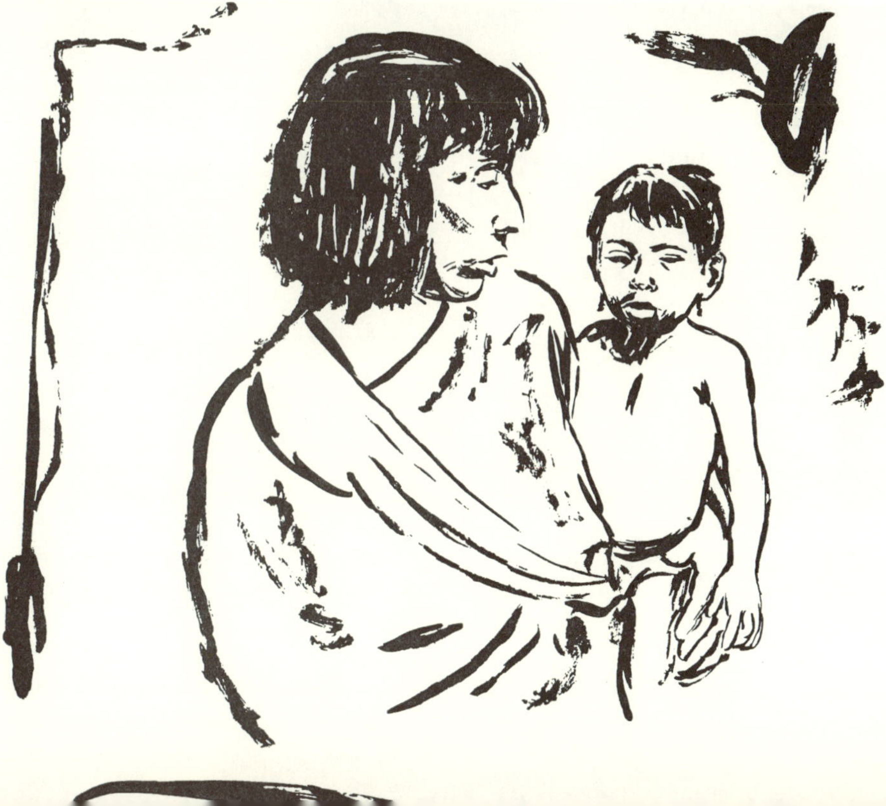

O espírito de Rondon precisa estar sempre vivo na mentalidade de todos. Falo uma simples verdade. Chegará o dia em que o índio brasileiro estará sem terras onde morar. Quando isso acontecer, poderemos dizer que os homens se esqueceram de Rondon.

Em 1910 Rondon criou o Serviço de Proteção aos Índios e Localização de Trabalhadores Nacionais nas fronteiras da civilização. Esse acontecimento representa para os índios o que representou a Abolição para os escravos.
(...) Esses povos indígenas haviam enfrentado quatro séculos de opressão, ao longo dos quais sofreram chacinas, tiveram suas mulheres violadas, seus filhos roubados, e ninguém levantava uma mão contra essa violência porque eles eram vistos como selvagens que não mereciam outro destino.

Primeiro, digo-lhe que os índios são gente que nem nós; segundo, que me ensinam mais sobre nós próprios que sobre si mesmos. Terceiro, o quê? Bem, as experiências humanas que vivo: imagine um peixe fora d'água, seu espanto ao descobrir que há atmosfera. Esse o meu caso, depois de meses entre índios, como quando começava a encontrar, a sentir a força espantosa disso que chamam de cultura.

Os índios viram chegar os portugueses, crescer os brasileiros, e têm mais direito do que ninguém a serem eles próprios.

Os índios querem continuar com seu sentimento de povo, pois têm uma auto-identificação moral muito grande. Por isso, por se verem como gente especial – e por serem vistos assim –, estão condenados a serem o outro. Este é o drama deles.

Eu aprendi a ver o mundo como os índios. A dor de ser índio num mundo hostil e o prazer de ser índio. Os índios têm a arte de unir todos os seus sentidos.

Não havendo para os índios fronteiras entre uma categoria de coisas tidas como artísticas e outras, vistas como vulgares, eles ficam livres para criar o belo. Lá uma pessoa, ao pintar seu corpo, ao modelar um vaso, ou a trançar um cesto, põe no seu trabalho o máximo de vontade de perfeição e um sentido desejo de beleza só comparável com o de nossos artistas quando criam. Um índio que ganha de outro um utensílio ou adorno, ganha, com ele, a expressão do ser de quem o fez. O presente estará ali, recordando sempre que aquele bom amigo existe e é capaz de fazer coisas tão lindas.

Aos poucos, com a acumulação de experiências e vivências, os índios me foram desasnando, fazendo-me ver que eles eram gente. Gente capaz de dor, de tristeza, de amor, de gozo, de desengano, de vergonha. Gente que sofria a dor suprema de ser índio num mundo hostil, mas ainda assim guardava no peito um louco orgulho de si mesma como índio. Gente muito mais capaz que nós de compor existências livres e solidárias.

EDUCAÇÃO

CENTRO INTE

A escola brasileira é a escola da mentira: o professor finge que ensina, e o aluno finge que aprende.

Toda a história da educação superior no Brasil caracteriza-se pela tacanhez. Começa com os portugueses, que nunca permitiram que se abrissem cursos superiores na sua colônia, ao contrário dos espanhóis, que criaram dezenas de universidades na América a partir de 1535.

Creio haver provado que só há uma solução para os problemas brasileiros da educação. Uma única. Exclusivamente uma: levar a educação a sério. É enfrentar a tarefa de criar, aqui e agora, para todas as crianças, a escola primária universal e gratuita que o mundo criou.

O tabu básico brasileiro é o de que a culpa do fracasso da criança pobre na escola é da criança pobre. É mentira. A culpa é da escola. Uma escola de um turno supõe uma casa para a criança estudar, e alguém, que já tenha estudado, que a ajude. Na verdade, isso não acontece. A criança mal tem casa, não tem comida, não tem ninguém que tenha estudado para ajudá-la a estudar.

Acabo de entregar a Fernando Henrique Cardoso um plano correspondente. Quando este livro for publicado, e você chegar à leitura desta página, já saberá se Fernando Henrique funcionou ou não. Propus a ele que criasse cinco mil escolas essenciais e escolas-parque nas áreas metropolitanas, para atender à criançada, que sem isso estará condenada a ser educada na disputa do livro, na delinqüência e na violência dos traficantes de drogas. Lugar de menino e menina é na escola de tempo integral, onde possam comer, crescer, acompanhar suas aulas e contar com professoras que os

atendam por uma hora nas salas de estudo dirigido.
Só isso salvará essa imensa infância, atolada no crime
e na prostituição, para si mesma e para o Brasil.

A universidade é o útero das classes dirigentes da nação do futuro. Nenhuma sociedade pode viver sem universidades.

ARTE E BRASIL

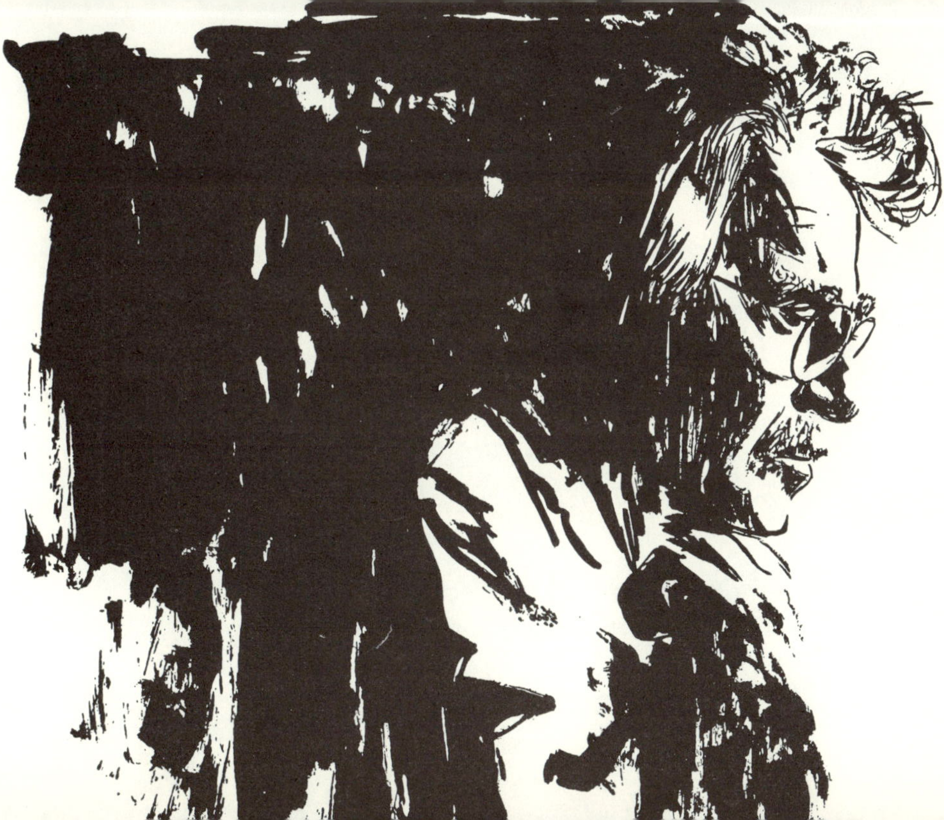

Um brasileiro que não leu todo José Lins do Rego, não leu Graciliano Ramos, não leu Jorge Amado é um tolo, porque deixou de herdar alguns dos espelhos que mais nos mostram como esse país é, e a dor e o gozo de ser brasileiro.

Gilberto Freyre teve formação acadêmica do melhor padrão nos Estados Unidos e na Europa, escreveu a obra mais importante da antropologia brasileira, que é *Casa-grande e senzala*, mas não preparou ninguém que tenha realizado obra relevante e frutífera dentro dos campos que ele cultivou.

Eu, que vivi grande parte de minha vida criando e reformando universidades, admito que sei formar quantos físicos, dentistas, médicos, advogados, me peçam, mil ou dez mil, dá no mesmo. Não sei é fazer um só Aleijadinho. Nem um só Tiradentes. Ninguém sabe. O milagre surge raramente, e onde ele se dá floresce uma criatividade singular e nova, como a flor que brota, inesperada, contrastando com tudo o que há em volta.

Ninguém sabe como provocar um surto de criatividade cultural e artística.

INTELECTUAIS

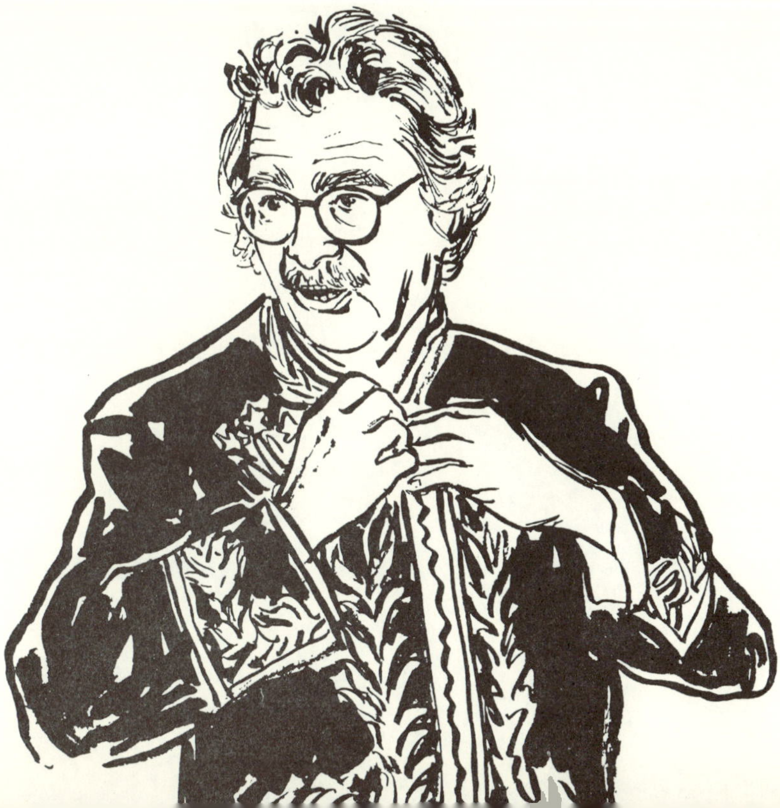

Intelectual, para mim, é aquele que melhor domina e expressa o saber de seu grupo.

Existe uma intelectualidade vadia pregando que a direita é burra. Não é, não. Inclusive porque a maioria dos intelectuais com boa formação acadêmica está a serviço dela e é para isso subsidiada, quando não é direitista vocacional ou herdeira.

Onde está a intelectualidade iracunda que se faça a voz desse povo famélico? Onde estão as militâncias políticas que armem os brasileiros de uma consciência crítica esclarecida sobre os nossos problemas e deliberada a passar para trás tantos séculos de padecimento? Frente ao silêncio gritante dessas vozes da indignação, o que prevalece é o entorpecimento, induzido pela mídia.

A maioria dos cientistas sociais brasileiros, desgraçadamente, só produziu uma bibliografia infecunda. Inútil porque, na verdade, suas contribuições são palpites dados a discursos alheios, compostos no estrangeiro para lá serem lidos e admirados. Por isso mesmo, para nós também, quase sempre as suas obras são inúteis ou fúteis, no máximo irrelevantes.

Ainda hoje os intelectuais brasileiros não lêem os pensadores brasileiros, mas citam e recitam os autores estrangeiros. Eles se recusam a criar um pensamento original.

Aprendi com o mestre Anísio Teixeira — e a duras penas tento cumprir este preceito — que o compromisso do homem de pensamento é com a busca da verdade. Quem está comprometido com suas idéias e a elas se apega, fechando-se à inovação, já não tem o que receber nem o que dar. É um repetidor. Só pode dar alguma contribuição quem estiver aberto ao debate.

Evidentemente nós, os intelectuais, não somos nenhuma maravilha.

AMÉRICA LATINA

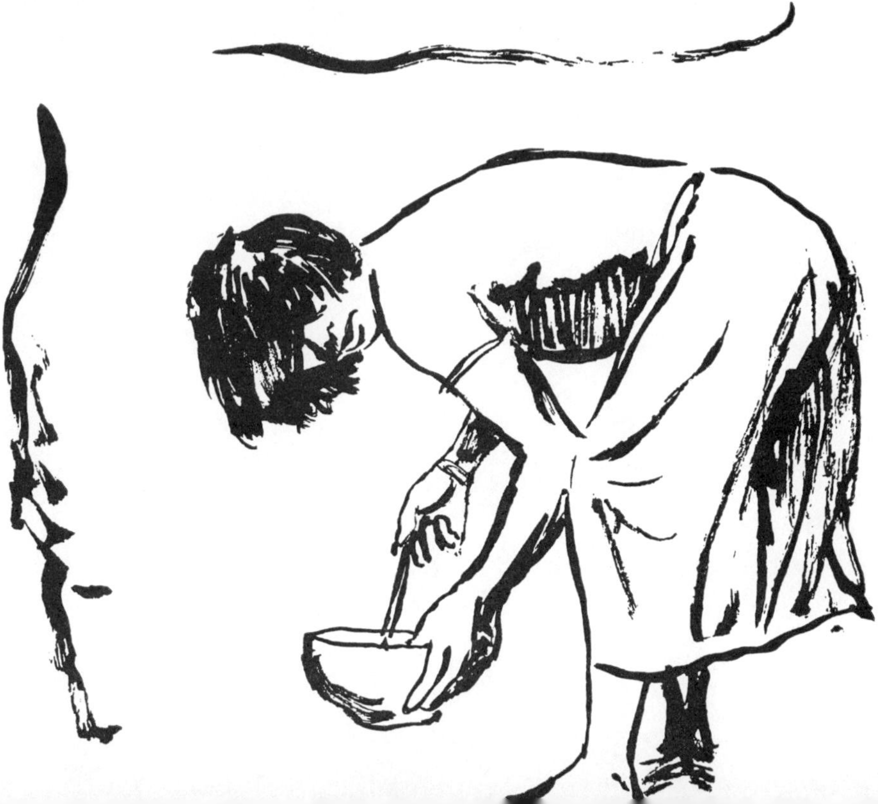

Tanto insisti em participar que um dia meu país me proibiu de participar e me colocou no exílio por dez anos. Esses dez anos permitiram que me tornasse latino-americano, através dos uruguaios, que me domesticaram. Eu era um provinciano brasileiro, e eles me ensinaram a ser latino-americano.

Somos povos novos ainda na luta para nos fazermos a nós mesmos, como um gênero humano novo, que nunca existiu antes. Tarefa muito mais difícil e penosa, mas também muito mais bela e desafiante.

Ainda hoje nós, latino-americanos, vivemos como se fôssemos um arquipélago de ilhas que se comunicam por mar e pelo ar e que, com mais freqüência, se voltam para fora, para os grandes centros econômicos mundiais, do que para dentro.

O ruim aqui, e efetivo fator causal do atraso, é o modo de ordenação da sociedade, estruturada contra os interesses da população, desde sempre sangrada para servir a desígnios alheios e opostos aos seus. Não há, nunca houve aqui um povo livre, regendo seu destino na busca de sua própria prosperidade. O que houve e há é uma massa de trabalhadores explorada, humilhada e ofendida por uma minoria dominante, espantosamente eficaz na formulação e manutenção de seu próprio projeto de prosperidade, sempre pronta a esmagar qualquer ameaça de reforma da ordem social vigente.

Nossa sociedade está produzindo uma incrível massa de desajustados. Ela está fracassando na sua tarefa de formar seres humanos equilibrados e capazes de coexistir uns com os outros.

Tudo é questionável. As velhas explicações eram justificações. É necessário repensar tudo. Esta lucidez, que conseguimos de uma hora para outra, não é, provavelmente, uma conquista da nossa racionalidade. Parece, isto sim, ser a projeção, sobre a consciência latino-americana, de alterações estruturais que estão acontecendo em nossos países e no mundo inteiro.

Somos hoje os povos que se armam com projetos de si mesmos, como povos que querem existir para si próprios. Somos os que querem pensar as revoluções postergadas. Somos os que cremos e aturamos. Somos os que não têm passado: temos futuro.

Nós, latino-americanos, estamos aprendendo nos últimos anos que muito pior do que ser República das Bananas é ser República das Multinacionais.

Nós, latino-americanos, estamos aprendendo nos últimos anos que muito pior do que ser República das Bananas é ser República das Multinacionais.

A América Latina existiu desde sempre sob o signo da utopia. Estou convencido mesmo de que a utopia tem seu sítio e lugar. É aqui.

O BRASIL

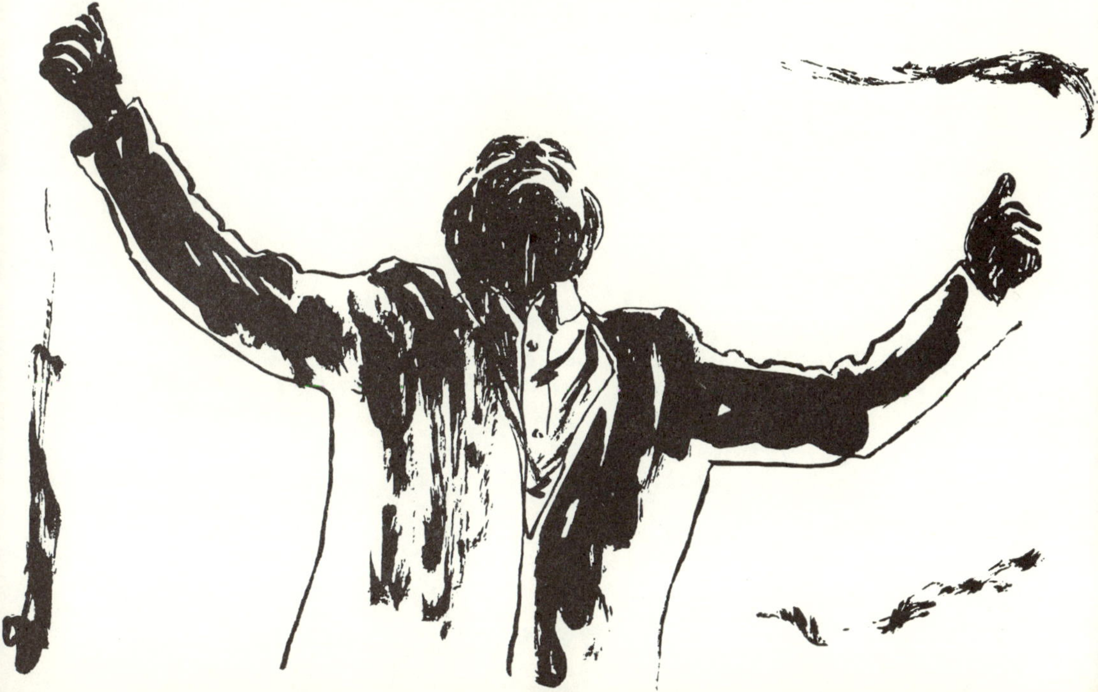

O Brasil tem um sistema agrícola incrível, de produção de soja para engordar porco na Alemanha e no Japão, mas não produz o que o país come, porque o país não existe para nós.

No Brasil, o preconceito racial é muito forte, muito duro, mas o mais duro é o preconceito social. Você passa por um pobre no Brasil como se passa por um cachorro morto ou como se passa por um poste: você não vê. Nós estamos calejados nessa brutalidade.

Aqui não existe um cabrito abandonado, um bezerro abandonado, mas existem milhões de crianças abandonadas, e o descaso, a indiferença diante desse fato é uma barbaridade.

É uma coisa tremenda a brutalidade dessa sociedade.
Ela come não só o pobre, mas a consciência dele.

Ne'eila heroënda e banidade desta moeda
Ela corre não só o pobre, mas a consciência dela

Odeio a postura dadivosa que só serve para consolar os culpados da ignorância e da pobreza generalizadas. Quero é fartura para todos comerem, para crescerem sadios e manterem seus corpos. Quero é boas escolas para a criançada toda, custe o que custar, porque não há nada mais caro que o suceder de gerações marginalizadas pela ignorância. Quero é lotear essa metade do Brasil possuída pelos fazendeirões que nunca plantaram, nem pretendem plantar, para entregá-la em milhões de fazendinhas familiares à gente que se estiola desempregada e decaída na pobreza e na criminalidade.

O Diabo, se não existe, teria que ser inventado. O Diabo é a inteligência de Deus. Deus é ingênuo. Deixa 22 mil latifundiários ficarem aí explorando milhões de brasileiros. Deixa menina virar puta aos 11 anos de idade. O Diabo tem que cutucar, acordar Deus. Ninguém é putinha por vocação.

Para sermos um país tão atrasado é preciso um esforço tremendo. Num país tão grande e tão rico, há tanta gente com fome, e só porque uma classe dominante, cobiçosa e muito medíocre, se apropriou de toda a terra.

Guardo em mim recordações indeléveis das brutalidades que presenciei em fazendas de minha gente mineira e por todos esses brasis contra vaqueiros e lavradores que não esboçavam a menor reação. Para eles a doença de um touro é infinitamente mais relevante que qualquer peste que achaque sua mulher e seus filhos.

O Brasil sempre negou aos lavradores o direito de se organizar em sindicatos para reivindicar e, muito mais, a liberdade de se organizar politicamente. Essa opressão de cerca de 20 mil latifundiários sobre dezenas de milhões de trabalhadores da terra constitui a característica principal e mais retrógrada da estrutura social brasileira.

A única coisa séria que aconteceu no Brasil nos últimos anos foi o movimento dos sem-terra.

O Brasil jamais existiu para si mesmo, no sentido de produzir o que atenda aos requisitos de sobrevivência e prosperidade de seu povo. Existimos é para servir a reclamos alheios. Por isso mesmo o Brasil sempre foi e ainda é um moinho de gastar gente.

A ditadura militar, nos seus vinte anos de despotismo, tudo degradou. O que era bom, estragou. O que já era ruim, piorou. Na economia, de milagre em milagre, empobreceu impiedosamente o povo já miserável, e enriqueceu nababescamente os capitalistas parasitários da especulação e seus associados das empresas estrangeiras.

Nós aqui desenvolvemos um capitalismo que não é só selvagem, é medíocre. Aqui, o gasto com capital é muito maior que o gasto com o trabalho. Esta é a causa da miséria no País.

O modelo econômico hoje dominante, fundado no privatismo exacerbado, no cosmopolitismo e na irresponsabilidade social e ecológica, é a causa principal do empobrecimento de todos os países dependentes. Mas este modelo só nos pode dar mais pobreza geral e riqueza de poucos, por sua incapacidade intrínseca em gerar uma prosperidade generalizada no Brasil.

Esses economistas vêm com a boca cheia de modernidades, mas com o discurso mais retrógrado do Brasil. Moderno é aquilo que faz o povo comer todo dia. O dia em que todo brasileiro tiver comida, tiver um emprego, o dia em que toda criança puder progredir na escola, o Brasil vai dar certo.

O que se expande no Brasil é uma economia de prosperidade socialmente irresponsável, irracional aos requisitos essenciais da vida. O que está sendo criado, já se vê, é uma situação na qual os pobres amontoados na cidade morrerão de fome, enquanto os ricos acoitados em luxuosos condomínios fechados, quase campos de concentração, morrerão de medo dos pobres.

A privatização pode, eventualmente, ser recomendável. É o caso das empresas deficitárias, das falidas, das inoperantes, ou daquelas que a ditadura militar incorporou ao patrimônio nacional, através de negociatas. Poderia, também, ser o caso dentro de um programa nacional de democratização do capital das empresas públicas, pela venda de suas ações a seus servidores e a todos os brasileiros que nelas queiram aplicar suas poupanças. Mas não é nada disto que se está fazendo. Ao contrário: o que se processa é a alienação de um patrimônio nacional, indispensável à gestão autônoma de nossa economia, e que será irrecuperável depois de privatizado.

Em nome de uma suposta desideologização da política econômica, nos impingem a ideologia da recolonização, sem outro disfarce senão o verbal dos seus discursos em economês. A causa de tamanha insanidade reside nas pressões irresistíveis que se exercem sobre o mandatário da Nação Brasileira. São elas que inspiram o fanatismo de economistas teleguiados, infiéis à sua pátria e ao seu povo.

São esses tecnocratas que encarnam, hoje, o pendor reacionário de nossas elites. É através desses porta-vozes que as velhas elites pedem um Estado mínimo, uma economia socialmente irresponsável, desligada de qualquer fidelidade nacional e ainda mais assanhadamente devotada ao lucro.

A causa real do atraso brasileiro, os culpados de nosso subdesenvolvimento, somos nós mesmos, ou melhor, a melhor parte de nós mesmos: nossa classe dominante e seus comparsas. Realmente, não há país construído mais racionalmente por uma classe dominante do que o nosso. Nem há sociedade que corresponda tão precisamente aos interesses de sua classe dominante como o Brasil.

Nossa classe dominante está enferma de desigualdade, de descaso.

Mais penosa ainda é a postura das classes médias, que aderem francamente ao discurso das classes dominantes, sem resquício algum de consciência própria. No povão, apesar de sua vulnerabilidade, corre um rio profundo, uma consciência histórica que o faz recordar e reverenciar os governos populares que se preocupavam com seu destino e que por isso foram derrubados, mas são ignorados e detestados pelas classes médias, que os classificam de populistas.

Diferença que salta à vista é a que contrasta e opõe, de um lado, os que estão contentes com o Brasil tal qual é e, do lado oposto, os indignados e os inconformados. Os primeiros, vivendo à tripa forra, estão sempre prontos a dizer que o Brasil está em desenvolvimento. Afirmam peremptórios que, prosseguindo nos trilhos em que estamos assentados, qualquer dia, dentro de alguns anos, não se sabe quantos, mas certamente, o Brasil afinal dará certo.

É terrível pensar que nossa geração de homens públicos, íntegros, voltados para o bem comum, fosse alijada do poder pelo exílio externo e pelo exílio interno. Substituída por reiúnos boçais e por políticos consentidos que nada tinham a dar ao povo brasileiro.

À s vezes penso que somos o que seriam os Estados Unidos se o Sul tivesse vencido a Guerra da Secessão. Aqui a escravidão venceu, e, mesmo depois de extirpada pela lei, foram os líderes do Império Escravista que passaram a reger a República.

O que temos aqui é uma vida dura, danada, porque está organizada para que o rico fique mais rico, num nível muito pior do que em outros lugares. Eu estou pedindo, nesse caso, que o brasileiro coma no capitalismo o que o francês come, ou o canadense, ou o australiano, ou o norte-americano. Não estou pedindo uma revolução. Estou pedindo o que não há aqui. Quer dizer, o operário que produz o Volkswagen aqui recebe um salário cinco vezes menor do que o do operário que produz o Volkswagen na Alemanha, e come cinco vezes menos. É possível?

O que mais me comove é o Brasil que não deu certo. Um país tão rico tem o povo passando fome.

Somos herdeiros de uma imensa, imensamente bela, imensamente rica província da Terra que, lamentavelmente, mais temos malgastado que fecundado. Tamanho foi o desgaste que, hoje, tarefa maior é salvar toda beleza prodigiosa da natureza que conseguiu sobreviver à nossa ação predatória.

É hora de passar o Brasil a limpo, para que o povo tenha vez. No dia em que todo brasileiro comer todo dia, quando toda criança tiver um primeiro grau completo, quando cada homem e cada mulher encontrarem um emprego estável em que possam progredir, se edificará aqui a civilização mais bela do mundo. É tão fácil... estendo os braços no tempo e sinto essa nossa utopiazinha se realizando.

O que mantém meu coração aceso é a certeza profunda de que esse país vai dar certo. O Brasil é a Atlântida de uma nova civilização. O que eu digo e o que os imbecis não entendem é que seremos uma nova Roma. A maior das nações neolatinas. Maior em população, maior em vontade de viver, maior em massa de recursos. Eu tenho convicção profunda de que ele não só vai florescer, como vai florescer como uma das grandes civilizações do mundo.

O Brasil está pronto para florescer como uma civilização tropical como nunca houve. Uma civilização mestiça e bela. O que me dói é que eu não tive tempo de ajudar a fazer esse Brasil.

Por isso, digo: apressem-se, vamos acabar com a canalha, porque vamos criar aqui a civilização mais bonita da Terra.

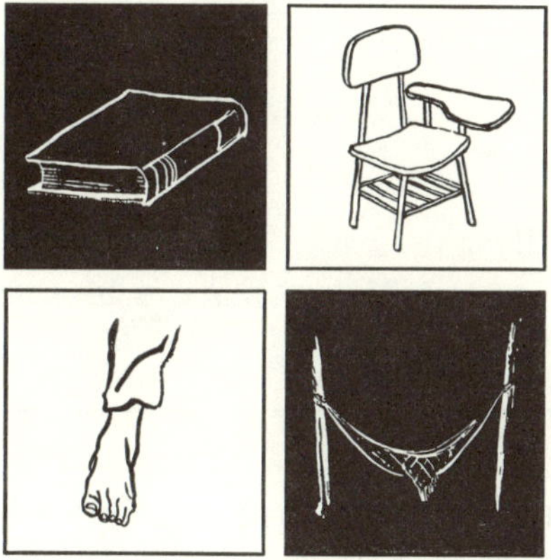

Este livro foi composto na tipologia Arbitrary em corpo 11,5/17 e impresso em papel chamois 80g/m² no Sistema Cameron da Divisão Gráfica da Distribuidora Record.

Seja um Leitor Preferencial Record
e receba informações sobre nossos lançamentos.
Escreva para
RP Record
Caixa Postal 23.052
Rio de Janeiro, RJ – CEP 20922-970
dando seu nome e endereço
e tenha acesso a nossas ofertas especiais.

Válido somente no Brasil.

Ou visite a nossa *home page*:
http://www.record.com.br